다이아수저 영상을
책으로 만들어 주세요!

봉대네 별장 이야기가
책으로 나오면 좋겠어요!

뚜식이

1판 1쇄 발행 | 2024년 12월 20일
1판 2쇄 발행 | 2025년 1월 15일

원작 | 뚜식이
감수 | 샌드박스네트워크
발행인 | 심정섭
편집인 | 안예남
편집 팀장 | 최영미
편집 | 한나래, 허가영
콘텐츠 글 | 장효진
본문 구성 | 윤보현
디자인 | 혜윰디자인
브랜드마케팅 | 김지선, 하서빈
출판마케팅 | 홍성현, 김호현
제작 | 정수호

발행처 | (주)서울문화사
등록일 | 1988년 2월 16일   **등록번호** | 제2-484
주소 | 서울특별시 용산구 새창로 221-19(한강로2가)
전화 | 02-791-0708(구입) 02-799-9148(편집) 02-790-5922(팩스)
출력 및 인쇄 | 에스엠그린

ISBN | 979-11-6923-493-1
          979-11-6923-693-5 (세트)

뚜식이 7

다이아수저 편

 등장인물

김뚜순

홍서연

박지후

김뚜식

전봉대

봉구

🍙 차례

10

봉대야, 별장 안에 왜 택시 정류장이 있어? 여기, 다른 별장도 있어?

아니, 우리 별장만 있는데 좀 넓어서 택시 타고 들어가야 해.

불편 하지?

헤 헤

얘들아, 저기 봐! 저기 로뚜리아랑 스타보스가 있어!

충격

헉

햄버거 가게

LOTTURIA

커피 가게

와! 세상에
이런 스테이크가 있다니!
매일매일 먹고 싶다.

봉대네 워터파크!
우리는 햇볕에
새카맣게 타 버렸다.
그래도 멋짐!

화려하고 멋진 축제!
영화의 한 장면 같았다.
나는 그 영화의 주인공?

뚜식이의 일일 계획표

날짜	6월 9일
오늘의 목표	잘 먹고 건강하기!
주요 일정	닭꼬치 모임, 봉구랑 저녁 산책, 영어 학원

	해야 할 일		시간 사용 계획		
1	아침밥 꼭 먹기	☑	30분	1시간	2시간
2	등굣길에 봉대 만나기	☐	30분	1시간	2시간
3	미술 준비물 사기	☑	30분	1시간	2시간
4	닭꼬치 사 먹기	☐	30분	1시간	2시간
5	편의점에서 컵라면 사 먹기	☑	(30분)	1시간	2시간
6	영어 학원 가기 ㅜㅜ	☑	30분	(1시간)	2시간
7	봉구랑 산책하기	☑	(30분)	1시간	2시간
8	영어 숙제 꼭 하기	☐	30분	1시간	2시간

★★

내일 할 일	오늘 못 먹은 닭꼬치 꼭 사 먹기! 아침에 학교 가자마자 영어 숙제하기!

1화

뚜식이의
인생 스테이크

아까 봉대네 집에서 먹은 스테이크 진짜 맛있었지?

투둑

투둑

응, 입에서 살살 녹더라~.

행복

봉대, 다이아수저인 거 정말 부러워!

척

오늘 봉대네 집에서 스테이크 먹었으니까, 다음에는 우리가 봉대한테 맛있는 거 사 주자.

그래도 봉대한테 뭘 사 주면 좋을지 각자 생각해 보자.

끙

그런데 오늘 먹은 스테이크보다 더 맛있는 걸 사 줄 수 있을까?

그려

그래

*염치: 체면을 차릴 줄 알거나 부끄러움을 아는 마음.

"학교 급식에서 싫어하는 반찬을 먹는 게 너무 힘들어요."

점심을 든든하게 먹지 않으면 오후에 배가 많이 고플 텐데…… 학교 급식은 성장기인 우리가 영양소를 균형 있게 섭취할 수 있도록 식단이 정해져 있어. 그러니까 가리지 않고 골고루 먹는 게 좋지. 만약 싫어하는 반찬이 나오면, 어떤 방식으로 요리를 했을지 생각하며 먹어 봐. 아니면, 네가 유명한 요리사가 되어서 음식의 맛을 평가한다고 상상하며 먹어 봐. 눈을 감고 맛을 음미하면서 '음~, 이런 맛이군.' 하며 평가하는 거야. 어때, 재밌지 않아?

*넉살: 부끄러운 기색 없이 비위가 좋게 구는 행동이나 마음씨.

"학교에서 생존 수영 수업을 가야 하는데, 물이 너무 무서워요."

학교 수업이라서 빠지기도 어려울 텐데, 정말 걱정되겠다. 나도 수영을 처음 배울 때는 물이 엄청 무서웠어. 그런데 생존 수영은 위험한 순간을 대비해서 꼭 배워야 하잖아. 그래서 물에 대한 두려움을 없앨 수 있는 방법을 찾아봤어. 수영 선생님이, 수영장 벽을 잡고 물장구를 치거나 머리를 물에 넣어 보며 물과 친해지는 연습을 하라고 하셨어. 그렇게 했더니 점점 물과 친해져서 지금은 제법 수영을 잘하게 됐어. 마치 수영 선수처럼 말이야. 뭐? 수영 선수까지는 아닌 것 같다고? 흥!

*금의환향: 비단옷을 입고 고향에 돌아온다는 뜻으로, 출세를 하여 고향에 돌아옴을 비유적으로 이르는 말.

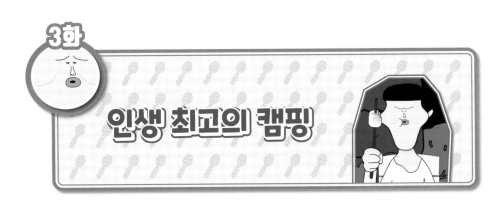

3화
인생 최고의 캠핑

심심하다~!

얘들아!

나 지난 주말에 가족이랑 캠핑 다녀왔는데, 정말 재밌더라.

나도 캠핑 가서 *불멍 해 보고 싶어.

긁적 긁적

그럼, 캠핑 갈래? 우리 별장에 캠핑장 있거든.

어때?

투둑

투둑

*불멍: 불을 보면서 멍하니 있는 것을 이르는 말.

"여행 갈 때 짐을 너무 많이 챙겼다가 후회해요."

여행 갈 때 준비물을 너무 많이 챙기는 건 불안한 마음 때문이야. 그런데 막상 여행을 가면 챙겨 간 준비물을 안 쓰고 그대로 가져올 때가 많더라고. 무겁게 들고 다니기만 하다가 말이야. 우리, 앞으로 이렇게 하면 어떨까? 여행을 갈 때는 꼭 필요한 물건만 챙기고, 소소한 물건들은 필요할 때 여행지에서 사는 거야. 그래도 마음이 불안하면, 여행지에서 필요한 물건을 살 수 있는 곳을 미리 알아보는 것도 좋아. 나도 어딜 가든지 치킨 맛집을 꼭 찾아 둬. 그래야 마음이 편하거든!

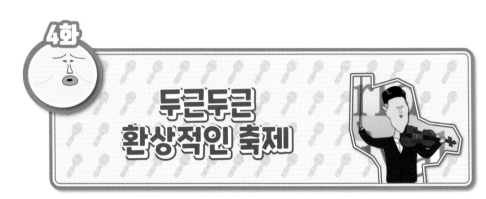

4화
두근두근 환상적인 축제

얘들아, 내일 우리 집에서 놀래? 김뚜순 없어서 시끄럽게 놀아도 돼.

좋지!

나도 좋아.

신 남

미안한데, 나는 안 될 거 같아.

왜? 네가 좋아하는 뚜순이 누나가 없어서?

아 쉽

그게 아니라, 공연 준비를 해야 하거든.

공연?

무슨 공연?

발그레

부 꼬

축제 날

들썩
짜
안
들썩

와~, 영화에서 보던 축제 같아!

그러게, 놀이공원보다 더 화려해!

저기 봉대 온다!

반갑

얘들아~!

어색

투둑 투둑

오~, 전봉대 공연하려고 정장 입었네!

척

하하하

공연을 준비하느라 너희랑 같이 못 있을 거 같아. 미안해.

긁적 긁적

미안

근데 하늘에 비행기가 왜 이렇게 많아?

?

슝~

슝~

궁금

해외에서 오는 손님들이 많거든.

별 일 아님

51

잠시 후

  *대미: 어떤 일의 맨 마지막.

전 세계에서 *내로라하는 가수들을 뒤로하고 축제의 마지막을 장식한 나의 절친 전봉대. 나는 오늘 봉대가 정말 자랑스러웠다!

"공연을 하게 되었는데, 너무 떨려요."

무대 경험이 많은 아티스트들도 공연을 앞두고는 떨린대. 그러니 네가 떨리는 건 당연한 거야. 공연 전에 긴장을 풀 수 있는 방법을 알려 줄게. 긴장이 풀릴 때까지 크게 숨을 들이마셨다가 내쉬면서 마음속으로 천천히 숫자를 세어 봐. 그래도 긴장이 풀리지 않는다면 팔과 다리를 툭툭 털며 크게 하품을 해 봐. 그러면 긴장이 조금 풀릴 거야. 만약 공연 중에 실수를 하게 되더라도 실수하지 않은 척 대범하게 넘어가는 걸 추천할게. 아마 아무도 모를걸? 열심히 연습한 네 자신을 믿어 봐!

*내로라하다: 어떤 분야를 대표할 만하다.

57

> **"아토피 피부염 때문에 친구들과 함께 먹지 못하는 게 많아 속상해요."**

내 친구 중에도 아토피가 있어서 밀가루 음식을 먹지 못하는 친구가 있어.
그래서 그 친구는 자기가 먹을 수 있는 야채나 과일 간식을 챙겨 와서 우리가
간식을 먹을 때 함께 먹어. 그러니까 친구만 빼고 과자를 먹는 게 미안했던
우리의 마음도 가벼워지고, 함께 간식을 먹지 못해서 서운했던
그 친구의 마음도 풀리더라고~. 지금은 오히려 그 친구가 가져오는
간식을 우리가 더 좋아하게 되어서 문제라니까! 무엇을 먹느냐가
중요한 게 아니라, 누구와 함께 먹느냐가 중요한 거 같아.

헉! 봉대가
전학을 간다고 했다.
너무 슬퍼서 엉엉 울었다.

봄이 왔나 보다.
바람을 맞으며 찍은
사진이 잘 나와서
기분이 좋았다.

신나는 여름 방학
봉대 덕분에 특별한 여름 방학이 되었다.
우리의 우정도 더 특별해졌다.

뚜식이의 일일 계획표

날짜	9월 16일
오늘의 목표	공부도 하고 책도 읽기!
주요 일정	친구들과 독서 모임, 원룸소년단 포토 카드 사기, 닭꼬치 사 먹기

	해야 할 일		시간 사용 계획		
1	엄마 심부름 하기	✓	30분	1시간	2시간
2	친구들과 도서관에서 독서 모임 하기	✓	30분	1시간	(2시간)
3	원룸소년단 포토 카드 사기 (서연 누나 만나게 되면 줄 것!)	✓	(30분)	1시간	2시간
4	수학 복습하고 엄마께 검사받기	☐	30분	1시간	2시간
5	닭꼬치 사 먹기	✓	(30분)	1시간	2시간
6	할아버지 어깨 주물러 드리기	✓	(30분)	1시간	2시간
7	봉구랑 산책하기	✓	30분	(1시간)	2시간
8	친구들이랑 게임하기(엄마께 허락받음)	✓	30분	(1시간)	2시간

내일 할 일	수학 복습 꼭 하기! 엄마께 새 운동화 사 달라고 하기!

*뜸 들이다: 일이나 말을 할 때 여유를 갖기 위해 서둘지 않고 한동안 가만히 있는 경우를 비유적으로 이르는 말.

71

74

봉대 너는 우리한테 무슨 일이 생기면 항상 자기 일처럼 걱정해 주고, 맛있는 것도 자주 사 줬지.

아! 별장에 초대해서 즐거운 시간을 보낼 수 있게 해 준 것도 정말 고마워.

그리고 혹시 네가 오해할까 봐 말하는 건데, 우리는 네가 부자여서 좋아하는 게 아니야.

처음에는 네가 부자인 것도 몰랐어. 우리는 '전봉대'라는 친구 자체가 좋아. 항상 다정하고 겸손하고 예의 바르고 착한 친구.

봉대야, 우리 우정 영원히 변치 말자. 그리고 이런 말 하기 좀 부끄러운데, 마이클이 꼭 쓰자고 해서 쓴다. 사랑해, 봉대야~!

너의 영원한 친구들 뚜식, 동만, 마이클이….

흐어언엉!

주룩 주룩 주룩 주룩

눈물바다

얘들아, 울지 마. 우리, 웃으면서 봉대를 보내 주자.

영영

얘들아, 고마워. 정말 감동이야.

"가장 친한 친구가 이사를 가게 되어서 너무 슬퍼요."

나도 그 기분이 어떤지 잘 알아. 봉대가 전학 간다고 했을 때 나도 너무너무
슬펐거든. 친구가 전학을 가면 일상에서 함께하는 일들이 줄어들어서 많이
아쉽겠지만, 우리에게는 깨톡이 있잖아! 비록 몸은 멀어지지만 서로의
일상이나 기분을 솔직하게 나눈다면 친구와 멀어지지 않을 거야.
소중한 친구와 다시 만나는 날까지 각자의 자리에서 열심히
생활하며 더 나은 모습으로 만나기를 약속해 보자.
나, 김뚜식처럼 점점 멋져질 준비됐지? 헤헤~.

7화

세상에서 제일 맛있는 병원 밥

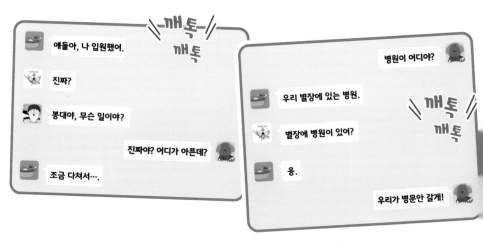

깨톡 깨톡

애들아, 나 입원했어.

진짜?

봉대야, 무슨 일이야?

진짜야? 어디가 아픈데?

조금 다쳐서….

병원이 어디야?

우리 별장에 있는 병원.

별장에 병원이 있어?

응.

우리가 병문안 갈게!

깨톡 깨톡

으리 으리

언제 봐도 웅장해~!

봉대네 별장에 오랜만에 온다!

얼른 들어가자.

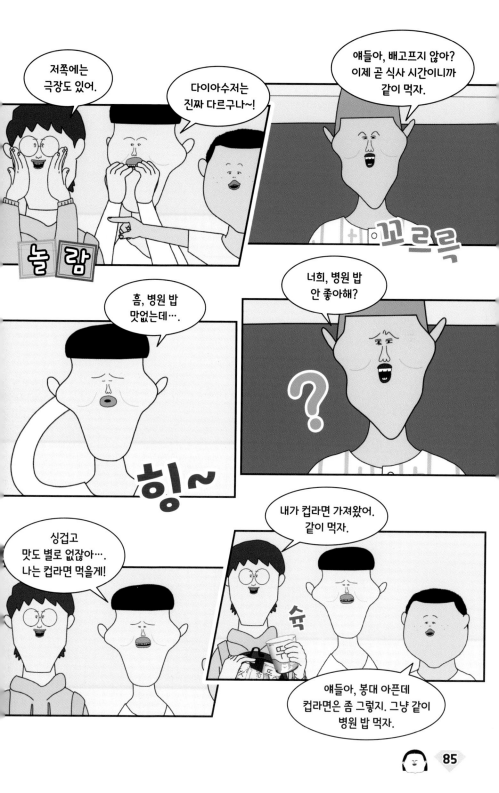

"친구 집에 놀러 갔는데, 잘 못 먹는 음식을 간식으로 주셨어요."

나도 친구네 집에 놀러 갔을 때 친구 어머니께서 엄청 매운 떡볶이를 간식으로 주신 적이 있어. 억지로 먹다가 결국 배탈이 났지. 그날 일을 엄마께 말씀드렸더니, 엄마가 그러시더라. "뚜식아, 그럴 때는 '감사합니다. 사실 제가 매운 음식을 많이 못 먹어요. 그러니 조금만 먹을게요.'라고 예의 바르게 말씀드리면 좋겠구나." 다음에 친구네 집에 갔을 때 또 그런 일이 생기면, 너도 잘 말씀드려 봐. 그러면 '참 솔직하고, 예의 바른 친구구나.'라고 생각해 주실 거야.

8화
뚜식이를 위한 감동 이벤트

짱~

난 봄이 싫어….

오늘 날씨 진짜 좋다.
역시 봄이 제일 좋아.

맞아

휴···

뚜식아,
왜 봄이 싫어?

?

남자는 봄을 *타고
여자는 가을을 탄다는
말이 있잖아.

뚜식아,
그 반대 아니야? 남자가
가을을 타는 거겠지.

궁 금

잠깐!

*타다: 계절이나 기후의 영향을 쉽게 받다.

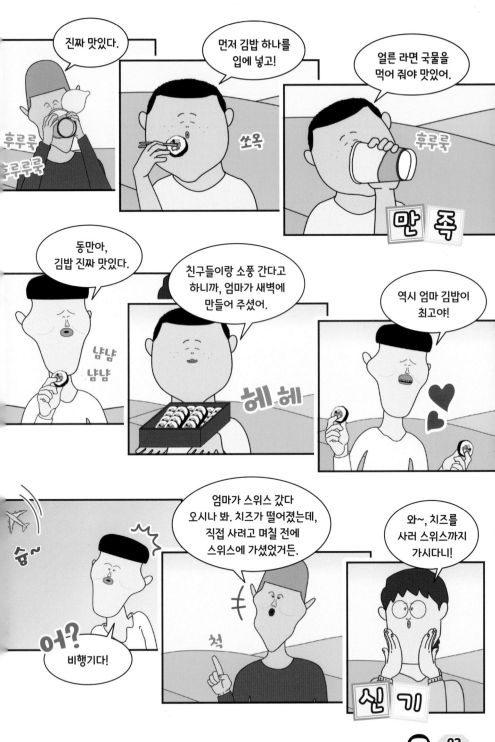

뚜식이가 요즘
울적해 한다고 해서
준비했어.

흐흑
저를 위해서 이렇게까지….
누가 보면 제가 어머니
아들인 줄 알겠어요.

그렁   그렁

감동

뚜식아~, 우리 아들이
가장 좋아하는 친구면
내 아들이나 다름없지.

호호호

어머니, 저랑
마이클도 포함이죠?

그럼,
그럼~.

호호호

나는 그날 울적한 기분을
한 방에 날려 보내고 계절 중
봄을 가장 좋아하게 되었다.

"담임 선생님을 위한 깜짝 이벤트를 하고 싶은데, 뭐가 좋을까요?"

담임 선생님을 위한 깜짝 이벤트라니, 너희 정말 멋지다! 우리 반에서 했던
이벤트를 알려 줄게. 우리는 학기 초부터 반에서 일어났던 일들을 일어난
순서대로 그림을 그렸어. 짧은 문구와 함께 말이야. 예를 들어서 선생님과
우리가 처음 만났던 개학식 첫날의 모습을 그리고 '우리가 처음
만난 날!'이라는 문구를 적었지. 그리고 반 아이들 한 명씩 그림을
들고 순서대로 서 있었어. 교실로 들어서던 선생님이 그림을 쭉
보시고는 코를 훌쩍이셨지. 영화의 한 장면처럼 멋진 이벤트였어.

9화

특별한 여름 방학

여름 방학이라 늦잠 잘 수 있어서 너무 좋아!

냠냠 냠냠

학원도 안 가고 놀기만 하면 더 좋을 텐데~.

하루하루가 너무 똑같아서 지루해.

냠냠

휴..

맞아, 방학인데 뭐 특별한 일도 없고….

따분

그럼 우리 별장에 1박 2일로 놀러 올래? 너희가 아직 안 가 본 곳도 많거든.

척

난 너무 좋은 계획이라고 생각해.

신남

내일 가자!

다음 날

휴~, 너무 덥다.

진짜 덥다.

수박 사 음

어? 저기 봐!

부 우 우 우 웅~

얘들아, 더우니까 차 타고 들어가자.

지잉~

영화에서만 보던 이런 긴 차를 타 보다니~

와~

차 안도 진짜 좋다.

얘들아, 날씨가 더우니까 시원한 데 먼저 가자.

어디?

썰매장.

궁 금

?

101

*소등하다: 불을 끄다.

얼마 후

ZZZ

쿨 쿨

ZZZ

김뚜식! 일어나~.
학원 가야지!

투둑

투둑

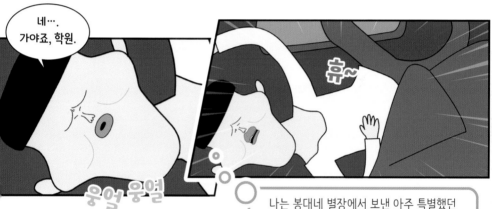

네….
가야죠, 학원.

휴~

웅얼 웅얼

나는 봉대네 별장에서 보낸 아주 특별했던
1박 2일의 기억을 떠올리며 매일매일 똑같은
지루한 여름 방학을 이겨 내고 있다.

"방학을 즐겁고 의미 있게 보내는 방법이 있을까요?"

거창한 계획 말고 나만의 작은 목표를 딱 하나만 세워 보자. 나는 지난 방학 때
내 방을 정리하고 멋지게 꾸미는 걸 목표로 했어. 그래서 하루하루 조금씩 정리를
했지. 예를 들어서 하루는 책꽂이 1층, 하루는 책꽂이 2층, 하루는 책꽂이 3층⋯⋯.
방학이 끝날 때쯤 책꽂이는 완벽하게 정리되어 있었어.(아무도
알아보지 못했지만.) 그리고 내 방 곳곳에 멋진 내 사진을 붙여
놓았더니, 완벽한 김뚜식 방이 되었어. 너도 네가 지킬 수 있는
목표를 세워서 실천해 봐. 성취감과 자신감이 쏙쏙 생길 거야!

10화

드론 택시 타고 가는 여수 여행

빵은 왜 먹어도 먹어도 안 질리는 걸까?

냠냠 냠냠

뚜순아, 나중에 빵집 사장님 해~.

그러면 빵은 안 팔고 내가 다 먹을걸~.

?

근데 빵순이 서연이가 웬일로 빵을 안 먹어?

요즘 입맛이 없어….

휴…

특별히 먹고 싶은 거 없어?

걱정

응….

기운없음

*상공: 어떤 지역의 위에 있는 공중.

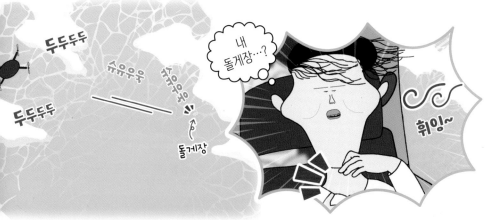

"파자마 파티에 초대받았는데, 부모님이 허락을 안 해 주세요."

우리 엄마도 친구들이 우리 집에서 자는 건 되지만, 내가 친구네 집에서
자는 건 허락을 잘 안 해 주셔. 엄마는 내가 친구네 집에서 자면, 혹시라도
친구의 가족에게 폐를 끼칠까 봐 조심스럽다고 하셨어. 아마 너희 부모님도
이런 이유로 반대하시는 걸 거야. 우리도 부모님의 마음을 이해해
드리자. 그래도 파자마 파티가 정말 하고 싶다면, 너희 집에서
하는 걸 의논해 보는 것도 좋을 것 같아. 또는 친구들과 기념일을
정해서 낮에 할 수 있는 파티를 계획해 보는 것도 좋은 생각 같아.

야호~!
수상 스키 타는 김뚜식,
진짜 멋지다!

최고의 빙어 낚시
우리는 그동안 몰랐던
특기를 발견하게 되었다.

안녕, 외계인!
꿈만 같던 우주여행.
우주에서 먹은 어묵 최고!

서연이 누나♥
벚꽃이 후두두둑~!
내 마음은 두근두근!

봉대의 일일 계획표

날짜	1월 25일
오늘의 목표	건강하고 행복하기!
주요 일정	일본에서 점심, 세계 다이아수저 모임 참석

	해야 할 일		시간 사용 계획		
1	아침 운동	☑	(30분)	1시간	2시간
2	뚜식이랑 닭꼬치 사 먹기	☑	(30분)	1시간	2시간
3	외계어 공부	☑	30분	(1시간)	2시간
4	일본에서 점심 식사	☑	30분	(1시간)	2시간
5	우주에서 코코아 마시기	☑	(30분)	1시간	2시간
6	세계 다이아수저 모임 참석	☑	30분	(1시간)	2시간
7	별장 연주회 관람	☑	(30분)	1시간	2시간
8	저녁 명상	☐	30분	1시간	2시간

내일 할 일	친구들에게 외계인 소개해 주기, 핸드메이드 반창고 주문하기

 **11화**

빙어 낚시의 비밀

뚝식아, 준비 다했니?

네~, 제 인생 첫 빙어 낚시를 할 생각에 너무 신나요!

춥지 않게 잘 입었어? 오늘 엄청 춥다던데….

투둑 투둑

기 대

걱 정

그래서 핫팩 챙겼죠!

그래 조심히 다녀와.

걱정 마세요, 엄마! 다녀올게요!

흔들

흔들

헤 헤

준 비 완 료

122

*묘미: 미묘한 재미나 흥취.

127

129

위이이~잉

콕!

헉

!

끙

뚜식아!

야, 김뚜식!

뚜식아!

탁

→ 벌에 쏘임

봄은 무슨 봄이냐….

벌에 쏘인 어느 봄날.

"사진 찍을 때 자연스럽게 웃는 방법이 있을까요?"

사진을 찍을 때 자연스럽게 웃는 건 정말 어려워. 사진만 찍으려고 하면 얼굴이 굳어 버리는 기분이 들거든. 그래서 나는 평소 거울을 보면서 자연스러운 표정을 연습해. 특히 샤워를 하고 난 후 거울 속 멋진 내 얼굴을 보며 다양한 표정을 지어 보지. 엄청 멋지거든~. 그리고 내 외모에 왠지 자신이 없는 날에 사진을 찍게 되면, 차라리 엄청 웃긴 표정을 지어 버려. 그러면 재미있게 나온 사진을 보며 친구들도 즐겁고 나도 즐겁거든. 알았지? 사진은 자신감이야!

13화

중학생을 위한 키즈 카페

너희, 이번 주말에 뭐 할 거야?

키즈 카페 가면, 뚜식이 너도 놀 수 있어?

나는 일요일에 가을이랑 키즈 카페 가기로 했어.

아니~, 난 가을이의 보호자로 가는 거지.

별장에 우리도 갈 수 있는 키즈 카페가 있는데 토요일에 갈래?

어릴 때 키즈 카페 가면 5시간씩 놀았는데….

난 7시간도 놀아 봤어.

솔깃

중학생들도 갈 수 있는 키즈 카페가 있으면 좋겠다.

추 억

꼬옥

너무 좋지!

*짚라인(Zipline) : 높은 곳에서 와이어를 타고 빠르게 내려가는 놀이기구.

*동심 : 어린아이의 마음.

*가상 현실(VR) : Virtual Reality. 컴퓨터 등의 기술을 사용하여 가상의 공간에서 실제처럼 체험할 수 있도록 하는 기술.

"친구들을 만나면 뭐 하고 놀아야 할지 모르겠어요."

맞아. 친구들과 만나면 뭘 해야 할지 모르겠어. 나는 친구들을 만나면 공원
벤치나 편의점에서 같이 간식을 먹고, 네컷사진 찍고, 문구점에 가서 구경을 해.
아! 요즘에는 공원에서 함께 자전거를 타기도 해. 그리고 함께 도서관에 가서
책을 읽기도 하지. 각자 읽었던 책 중에 재미있는 책을 추천하며
이야기하는 것도 재미있더라고. 요즘은 도서관 1층이 카페처럼
꾸며진 곳들도 많으니까 너도 친구들과 도서관에서 시간을
보내 봐. 부모님도 도서관에 간다고 하면, 걱정하지 않으실 거야.

"무서워서 잘 때도 불을 켜고 자는 버릇이 있어요."

나랑 완전 정반대구나! 나는 완전히 어두워야 잠을 잘 수 있거든.
숙면에는 어두운 환경이 도움이 된대. 잠자는 습관을 바꾸는 건 어려울 거야.
게다가 너는 불을 끄면 무섭다고 하니까 더 쉽지 않겠다. 그래도 숙면을
위해서 노력해 보는 건 어떨까? 우선 너무 어둡지 않은 조명등을
이용해 봐. 조금씩 밝기를 조절하면서 어둠에 익숙해지는 거지.
잠을 푹 자야 기억력도 좋아지고 키도 쑥쑥 자란대.

163

"친구들과 축구를 하고 싶은데, 몸싸움이 겁나요."

나도 그런 고민이 있었어. 하지만 지금은 친구들이 축구 시합을 할 때 꼭 찾는 사람이 되었지. 그 비결이 뭐냐고? 나는 축구할 때 몸싸움을 하는 게 어려워서 골키퍼를 하거든. 처음에는 공을 잘 못 막아서 우리 편이 지기도 했지만, 지금은 제법 잘해. 그리고 골키퍼를 할 수 없을 때는 나에게 공이 오면 빠르게 우리 편에게 패스를 해. 그러면 나를 향해 뛰어오는 상대편 선수와 몸싸움을 하지 않아도 되거든. 미래의 멋진 축구 선수, 김뚜식의 비밀을 너에게만 알려 주는 거야~!

〈다이아수저 편〉 끝~!

⚠️ 건강하고 안전한 삶을 위한 어린이 필독서! ⚠️

일상 속 위험을 슬기롭게 헤쳐 나가는
뚜식이네 하루를 함께해 보세요!

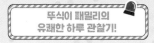

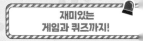

뚜식이의 과학일기

쉿! 뚜식이의 일기를 공개합니다!

상상 초월! 호기심 폭발!
과학 스토리!

뚜식이의 과학일기 1
뇌와 사춘기

원작 뚜식이
글 최유성
그림 신혜영
감수 및 과학 콘텐츠 이슬기(인지과학 박사)
감수 샌드박스네트워크
188쪽
값 14,000원

이들에게 추천하고
싶은 유익한 책."
- 뚜식이 담임 선생님 -

학생이 되기 전에 꼭
어 보고 싶어요!"
- 옆집 천평이 -

베스트셀러가 될 책!"
- 두식서점 사장님 -

사춘기의 비밀이
뇌에 있다고?

"왜 이렇게 화가 나지?"
"이 세상에 나 혼자만 있는 것 같아!"

뭐? 이런 내 마음이 모두 **뇌** 때문이라고?
사춘기, 나의 마음을 조절하는 뇌에 대해 알아보자!

엉뚱하고 귀여운 뚜식이의 일기 대공개!

구입문의 02-791-0708 (출판마케팅) 서울문화사